Necronomicon

liber maledictus

Peter Sipes
and
the 2020–2021 8th grade Latin class of
Casper Classical Academy

Pluteo Pleno ● Casper, Wyoming

Necronomicon:
liber maledictus

Peter Sipes
and the 2020–2021 8th grade Latin class
of Casper Classical Academy

Pluteo Pleno
803 South Durbin Street
Casper, Wyoming 82601

www.pluteopleno.com

Edition 1.0, May 2021

ISBN 978-1-937847-10-4

index capitulōrum

Introduction   5

prooemium   7

capitulum primum
Necronomicon   10

capitulum secundum
animālia et magī   13

capitulum tertium
Necronomicon concēlātum   15

capitulum quartum
magus malus   18

capitulum quīntum
dīnosaurī interdimēnsiōnālēs   21

capitulum sextum
dīnosaurī nōlentēs, volentēs   23

capitulum septimum
dīnosaurī īrātī   25

capitulum octāvum
Arkhamia   29

capitulum nōnum
Būbō Amīca et Avus   31

capitulum decimum
pterosaurī chartam petentēs   35

3

capitulum ūndecimum
charta intacta   38

capitulum duodecimum
dīnosaurī audientēs   40

capitulum decimum tertium
in Ūtam   42

capitulum decimum quartam
Avī sēcrētum   45

capitulum decimum quīntum
Būbō Amīca et Avus dīnosaurōs petentēs   48

capitulum decimum sextum
Cthulhū!   50

capitulum decimum septimum
Cthulhū Būbōnem Amīcam vīdit   53

capitulum duodēvicēsimum
mūsicī magī   54

index locōrum   56

glōssārium   59

4

Introduction

So this book started off as a whim. My Latin 2 students have been enjoying the Latin novellas and wanted to try writing one with my help. But they wanted a novella that captured their interest, so the plot is crazy. It includes a few odd elements that I want to address.

First, Grigori Rasputin. He was a real person who had a colorful and eventful life. Suffice to say his life and legacy are complicated. But the draw of making him the central bad guy was too good to be resisted. He was "evil" in real life. He was a "danger" to the powers that be. (You can decide for yourself if the actual historic person was evil or dangerous.) Think of his character in this story as a pop culture caricature rather than anything that has to do with history. His supposed immortality in actual history made for a good plot element.

Second, dinosaurs. They never lived in another dimension. They never used magic. They were way cooler than that.

Last, H.P. Lovecraft. What are we to make of him and his literary legacy? He was racist and xenophobic in a time where those were normal ways of thinking. His writing reflected those views. (There is some evidence that his views on these topics evolved to a slight degree over time, but again you can do the reading and draw your own conclusions.) Lovecraft wrote of a mythology that has the elements of horror that has seeped into American popular culture—often with comedic tones. Again, too good to resist. Especially when many of these elements are public domain. Especially when Lovecraft himself encouraged others to borrow them and elaborate on them.

This is the great American novel written by and for second year Latin students. We explain the origin of a few features in the American west in true mythological form. Take our absurd literary work with a grain of salt.

It has 3,202 Latin words and a vocabulary of about 228 individual Latin words not counting proper nouns.

prooemium

cārissimī lectōrēs, (dearest readers,)

haec fābula est vēra neque falsa. nōn sumus
mendācēs (liars). erant magī (et sunt). erant
dīnosaurī (et sunt, sī avēs sunt dīnosaurī). erat
Grēgorius Rasputin. erat et est Ūta. erat et est lacus
in Ūtā nōmine Lacus Reservātus Vallis
Flammiferae. erat Necronomicon. et erat Cthulhū.

haec fābula rēs vērās narrat nē errōrēs huius
fābulae vōs petunt. animālia sunt amīca. magī sunt
bonī. et Cthulhū vōs dēstruere vult.

nihil falsī est in hāc fābulā. discipulī linguae
latīnae student ut vēra discant. magistrī vōbīs
dicant hanc fābulam esse falsam—immo

mendācibus plenam (full), sed hī magistrī vēra nōn amant. vōs discipulī vēra rēctē amātis.

grātī sumus quia hanc fābulam legitis et vēra amātis.

Petrus Sipes (magister) et schola latīna gradūs octāvī annō 2020ō–2021ō hanc fābulam—immo historiam— scrīpsērunt. discipulī in hāc scholā sunt:

Avery (Alfrēda) Bartz
Caroline (Carolīna) Bassett
Brian (Brennus) Duong
Kolton (Crispus) Frick
Pearson (Avus) Heath
Moira (Moira) Henley
Krysta (Crysta) Hubbard
Kaiya (Clementia) Hurless
Owen (Dracō) Jones
Allison (Allisōna) Kissack
Kayden (Pūblius) Laird
Aiden (Aedānus) Lockhart

Corter (Caseus) McCarthy
Hyrum (Hyrōmus) McCarty
Rachel (Rachel) McEowen–Kolker
Haylie (Heilia) Moon
Addison (Addisōna) Munari
Jameson (Iacōbus) Munari
Conner (Stephanus) Roper
Sean (Iohannis) Shaw
Elizabeth (Elizabētha) Siegrist
Ada (Ada Ada Solāna Fricta) Sipes
Mikella (Michaēla) Stangle
Preston (Cygnus) Swan
Jessica (Iessicūa) Watson
Būbō Amīca

capitulum primum
Necronomicon

ōlim erat liber malus et foedus. hic liber bona nōn
habuit. hic liber habuit mala—immo pessima. in
librō erant multa carmina maga (magic spells).
carmina nōn erant bona. nōn erant mala—immo
pessima carmina.

hic liber titulum
habuit:
Necronomicon.
hoc nomen erat
maledictus
(cursed). liber
multa dē mortuīs

et mōnstrīs habuit.

mōnstrum prīmum in Necronomicō erat Cthulhū. Cthulhū erat mōnstrum forte et antiquum et malum. Cthulhū erat ingēns et multa tentācula habēbat. hoc mōnstrum horribile terram dēstruere volēbat, quia Cthulhū erat mōnstrum aquāticum. aquam amāvit et terra eī discplicuit.

Cthulhū ē Necrōnomicō vēnit et in Āfricā terram dēstruere volēbat ut terra sit aqua. animālia autem terram dēstructam nōluērunt, itaque contrā Cthulhū pugnāvērunt. Cthulhū erat ingēns, sed animālia erant multa.

proelium erat magnum—immo maximum, sed animālia erant victōrēs. Cthulhū est victum. multa autem animālia mortua sunt. heu! animālia quae nōn sunt mortuī Cthulhū in Necronomicō pōsuērunt. nunc animālia Necronomicon

prōtēxērunt. animalia proelium secundum contrā
Cthulū nōlēbant.

capitulum secundum
animālia et magī

Cthulhū positō in Necronomicō, animālia erant
laeta. animālia Necronōmicon in monte pōsuērunt
ut nēmō librum malum invenīret. hic mōns erat
Kilimandiārus (Kilimanjaro). animālia
Kilimandārium sēlēgērunt (chose), quia
Kilimandārius (carmine clārō) erat et est mōns
altissimus in Āfricā. animālia Necronomicon ibi
prōtēxērunt multōs annōs.

quia magia in Necronomicō erat potēns, magī id
sēnsērunt (sensed). magī vēnērunt ut id invenīrent.
magī id petīvērunt. magī id concēlāre (hide)
volēbant.

magī erant bonī et amīcī, animālia magīs
Necronomicon dedērunt ut magī id concēlārent. id

13

nōn est concēlātum in monte Kilimandiārō, quia mōns est ingēns. nihil in monte Kilimandiārō est concēlātum. nihil.

capitulum tertium

Necronomicon concēlātum

hic liber, Necronomicon, erat tam mala, magī astūtī
(wise magicians) Necronomicon in Ūtā posuērunt.
cūr magī astūtī Necronomicon in Ūtā posuērunt?
Ūta est obscūra. mōnstra et magī malī Ūtam nōn
petunt.

sed Ūta nōn erat satis obsucrua. prōtēctīva contrā
malōs erant necesse. malī magī Necronomicon et
Cthulhū invenīre vellent (would want). sī
Necronomicon concēlātum esset in lacū, Cthullū ē
Necronomicō et ex aquā ēmergere posset. cūr?
quia Cthulhū est mōnstrum aquāticum, itaque
Cthulhū fortis in aquā factum est. Ūta nōn erat
(neque est) area aquātica. sed magīs inopia (lack)
aquae nōn erat satis.

magī lacum cōnstruere volēbānt, sed his lacus erat pecūliāris. magī in valle lacum cōnstruxērunt flammīs. hic lacus erat (et est, quia hic lacus est vērus) Lacus Reservātus Vallis Flammiferae (Flaming Gorge Reservoir).

ubi est hic lacus? Lacus Reservātus Vallis Flammiferae est in Viomingā et in Ūtā. sī nōn es magus, tū lacum ordinārium vidēs. lacum placidum et pulchrum vidēs. sed magī lacum magiā et horrōre plēnum vident.

Americānī dicunt sē annō 1958ō lacum reservātum fecisse (to have made), sed hoc est falsum. Americānī dicunt lacum esse plēnum (full) aquā, sed hoc est falsum. magī lacum reservātum cōnstruxērunt et lacus erat flammīs plenus. flūmen quod in lacum erat Flūmen Viridis (et est—flūmen est pulchrum), flammae erant viridēs.

16

in lacū Chtulhū est īratus neque fortis, quia
flammae nōn erant amīcae mōnstrō Cthulhū. itaque
hic lacus Necronomicon et Cthulhū bene
concelābat.

capitulum quartum

magus malus

erat magus malus. ille magus erat Grēgorius Rasputin et in Russiā habitāvit. quia malus erat, Grēgorius Necronomicon habēre volēbat ut ille mōnstrum foedum, Cthulhū, ē Necronomicō vocāret. Rasputin Russiam dēstruere volēbat—immo terram dēstruere volēbat. malus erat.

sed Necronomicon est prōtēctum. Grēgorius id sēnsit. ubi erat liber? Rasputin trīstis nesciēbat.

sed Necronomicon est prōtēctum—magiā
prōtēctum—necesse erat exercitus (army). hic
exercitus mōnstra quae contrā magiam pugnāre
posse (could) habēre dēbuit. sed ubi erant talia
(that kind) mōnstra?

nōn erant in Russiā. nōn erant in terrā. nōn erant in
lūnā. immo erant in alterā dimēnsiōne. necesse erat
porta inter dimēnsiōnēs. porta esse magna dēbēbat,
quia Rasputin mōnstra magna petēbat in
proeliō contrā magōs.

itaque Grēgorius Rasputin magnam portam in
Russiā cōnstruxit. haec portam magiam habuit,
quia haec porta erat inter dimēnsiōnēs.

portā cōnsructā, Rasputin mōnstra ex alterā
dimēnsiōne vocāvit. mōnstra vēnerunt et vēnērunt
et vēnērunt. multa erant. sed eheu.

mōnstra erant dīnosaurī interdimēnsiōnālēs.

capitulum quīntum

dīnosaurī interdimēnsiōnālēs

Grēgorius Rasputin erat laetus. Rasputin exercitum
habuit, sed exercitus nōn erat laetus.

quī dīnosaurī erant in
exercitū? erant: stegosaurī,
vēlōciraptōrēs, triceratōpēs,
diplodocī, pterosaurī et ūnus
rēx. quis erat rēx? rēx erat
Tyrannosaurus. Tyrannosaurus rēx.

sed hī dīnosaurī nōn erant dīnosaurī nostrī—immo
interdimēnsiōnālēs erant.

dīnosaurī erant amīcī Grēgoriō Rasputin? nōn
erant. dīnosaurī interdimēnsiōnālēs in Russiam īre
nōlēbant, quia Russia erat in alterā dimēnsiōne.

quis in alteram dimēnsiōnem īre vellet (would want)?

Rasputin: salvēte, ō amīcī!

Stegosaurus: sum tibi amīcus? nunc sum in alterā dimēnsiōne. nōn sum laetus. in Russiā esse nōlō. ēn! dīnosaurī! quis inter nōs dīnosaurōs esse in Russiā vult?

dīnosaurī tacēbant, quia dīnosaurī in Russiā esse nōlēbant.

Vēlōciraptor: in Russiā esse nōlō. immo īre in portam volō ut domum eam (to go home). quis domum īre vult?

dīnosaurī: domum īre volumus.

capitulum sextum
dīnosaurī nōlentēs, volentēs

dīnosaurī nōn erant laetī. immo īrātī erant.

dīnosaurī domum īre volēbant. ubi erat domus?

domus erat in alterā dimēnsiōne.

Rasputin: et ego vōs dīnosaurōs domum īre volō,

    sed ego nōn possum. porta vōs hūc (here)

    ducere potest, sed porta vōs illūc (there) ducere

    nōn potest.

Rasputin autem erat mendāx. dīnosaurī domum per

portam īre possent (could), sed dīnosaurī hoc

nesciēbant. nunc dīnosaurī erant trīstēs.

Rasputin: ō dīnosaurī! mē adiuvāre (help) potestis

    ut ego vōs adiuvem. sī mē adiuvātis, ego vōs

    adiuvāre possum.

Tyrannosaurus: rēx sum dīnosaurīs. quōmodo tū nōs adiuvāre potes?

Rasputin: ego Necronomicon habēre volo. sī ego Necronomicon habērem (I were to have), vōs domum īre possetis (you could).

Tyrannosaurus: domum īre volumus, itaque tē adiuvāre possumus—sī domum īre possumus. quia domum īre volumus, nōs tē adiuvāre volumus.

sed Rasputin erat mendāx.

capitulum septimum
dīnosaurī īrātī

dīnosaurī nōn erant laetī. immo īrātī erant.
dīnosaurī Grēgorium Rasputin adiuvāre nōlēbant,
quia dīnosaurī domum īre volēbant. in alteram
dimensiōnem īre volēbant, quia domus erat ibi.

Rasputin dīnosaurīs dixit sē scīre ubi sit
Necronomicon. Rasputin erat mendāx, sed nōn erat
omnīno mendāx. locum Necronomicī nescīvit, sed
Grēgorius chartam habuit. immo partem chartam
habuit. et charta—sī fuisset integra—locum
Necronomicī habuit. itaque Rasputin dīnosaurīs
chartam (map) produxit.

Rasputin: ō meī dīnosaurī, ego chartam habeeō.
Triceratops: Grēgoriī, illa charta nōn est integra.
  locum nōn habet.

Diplodocus: Triceratops rectē dīcit. illa est pars chartae. locum nōn habet. ubi est altera pars?

Stegosaurus: domum īre volumus, sed nōn possumus sī chartam integram nōn habēmus. ubi est altera pars?

Vēlōciraptor: illa chartae pars locum Necronomicī nōn habet. domum īre volō. tū es mendāx, Grēgoriī. ego tē necāre volō.

Rasputin: vōs, dīnosaurī, alteram partem petere dēbētis, sī domum īre vultis.

dīnosaurī nōn erant laetī. erant īrātī. chartam petere nōlēbant, neque Grēgorium Rasputin adiuvāre volēbant. immo vēlōciraptōrēs eum necāre volēbant, sed Grēgoriō Rasputin mortuō dīnosaurī domum īre nōn possent. itaque pterosaurī cōnsilium fēcērunt.

Pterosaurus: dōmum īre volō tam multum (so much) ut ego et Pterosaurī Necronomicon petāmus. nōn sumus avēs, sed volāre possumus. itaque eam in multīs locīs petere possumus. bonōs oculōs habēmus, itaque alteram chartae partem longē vidēre possumus. Rasputin est mendāx, sed altera chartae pars portam in nostram dimēnsiōnem habet. ego dīco nōs Grēgorium necāre dēbēre. nōs dīnosaurī nūllō auxiliō chartam petere possumus.

Rasputin: eheu! ego solus (alone) Necronomicon legere possum! mē mortuō, vōs domum īre nōn potestis, quia vōs Necronomicon legere nōn potestis.

Tyrannosaurus rēx: Rasputin, tū es mendāx et stultus. Necronomicon legre possumus.

Rasputin: cūr?

Tyrannosaurus rēx: nōs dīnosaurī Necronomicon scrīpsimus.

itaque vēlōciraptōrēs Grēgorium Rasputin nevāvērunt. dīnosaurī vīdērunt Grēgorium Rasputin esse mortuum.

dīnosaurī autem nescīvērunt Grēgorium Rasputin esse immortālem. nōn est mortuus. et Rasputin chartae partem habet neque dīnosaurī.

capitulum octāvum

Arkhamia

Arkhamia erat (et est) oppidum in Americā. ubi est
Arkhamia? vidēbātur (it seemed) esse in
Massaciussetā, sed nesciō. nōn erat in Ūtā.

Arkhamia nōn erat magnum, immo parvum erat (et
est). multī magī Arkhamiae habitābant, qiua erat
ūniversitās Arkhamiae. magī in ūniversitāte
studēbant. quae erat ūniversitās? erat Ūniversitās
Miskatonicēnsis.

Ūniversitās Miskatonicēnsis bibliothēcham
habēbat. bibliothēca multōs librōs habēbat. librōs
magōs. ūnum librum magum nōn erat in
bibliothēcā apud Ūniversitātem Miskatonicēnsem.

Necronomicon nōn erat in bibliothēcā, quia malum et foedum erat. Necronomicon erat in Lacū Reservātō Vallis Flammiferae. bibliothēca Necronomicon falsum habēbat ut malī magī falsa crēderent (would believe).

hoc Necronomicon falsum illud Necronomicon vērum prōtēxit. magī bonī dixērunt Necronomicon falsum esse vērum. sed scīvērunt vērum Necronomicon esse in Ūtā. hī bonī magī nōn erant mendācēs, immo prōtēctōrēs Necronomicī erant.

capitulum nōnum

Būbō Amīca et Avus

erat maga bona et sagāx (wise). illa maga erat
Būbō Amīca. Būbō Amīca cum Avō habitābat.
Avus erat magus bonus et sagāx. amīcī erant.

Būbō Amīca et Avus
Arkhamiae in Massaciussetā
habitābant. cūr ibi
Arkhamiae habitābant? quia
professōrēs erant in
Ūniversitāte Miskatonicēnsī.

Būbō Amīca erat profestrīx apud Ūniversitātem
Miskatonicēnsem multōs annōs. Būbō Amīca nōn
nāta est paucōs annōs sed multōs annōs, quia maga
erat. Būbō Amīca Necronomicon prōtēxit apud

Kilimandārium, sed nunc erat professtrīx in Ūniversitāte.

Avus autem nōn prōtēxit Necronomicon apud Kilimandārium, quia multōs annōs nōn nātus est. Avus nōn erat avus. non erat pater. Avus erat nōmen. in Ūtā habitāvit ante professor erat apud  Ūniversitātem Miskatonicēnsem.

Avus chartae partem habēbat, sed nēmō scīvit Avum chartam habēre. erat sēcrētum. in Utā, Avus chartam habēbat in ūnā parte.

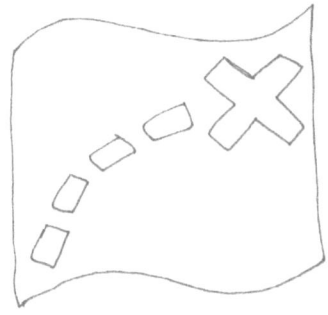

charta in ūnā parte

cum Avus ab Utā in Massaciusettam commigrāvit (moved), charta erat fracta in duās partēs. Avus erat trīstis, quia nunc habēbat ūnam partem. quō altera chartae pars īvit? Avus nescīvit, sed Grēgorius Rasputin eam invēnit.

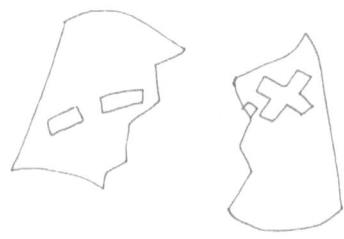

charta fracta

Būbō Amīca dē chartā nihil scīvit. charta erat

sēcrēta, nē quis (anyone) scīret locum

Necronomicī.

capitulum decimum
pterosaurī chartam petentēs

dīnosaurī erant īrātī. domum īre volēbant, quia in alterā dimēnsiōne habitābant. ūnam autem chartae partem habuērunt. ubi est altera chartae pars? dīnosaurī nescīvērunt.

pterosaurī: nōs volāre possumus, itaque alteram chartae partem petere dēbēmus. nōs volantēs multa loca vidēre possumus.

Tyrannosaurus rēx: petite chartam! volāte! locum Necronomicī petite!

cum (though) pterosaurī volāre possent, stultī erant. scīlicet oculōs bonōs habēbant, sed stultī erant. dīnosaurī autem domum īre volēbant.

itaque pterosaurī ā dīnosaurīs volāvērunt chartam petentēs. volāvērunt volāvēruntque, sed alteram chartae partem nōn vidēbant. hūc illūcque (and there) pterosaurī volābant. īrātiōrēs et īrātiōrēs erant, quia chartam nōn inveniēbant. itaque pterosaurī casās dēstruēbant. haec casa est destructa. illa casa est dēstructa. pterosaurī multās casās dēstruxērunt. multae casae sunt dēstructa. in Russiā: casae dēstructae. in Ītaliā: casae dēstructae. in Asiā: casae dēstructae. in Āfricā casae: dēstructae. et in Massaciusettiā: casae dēstructae.

immo Bubōnis Amīcae et Avī casa est dēstructa. et altera chartae pars erat in illā casā. charta erat concēlāta in casā, sed nunc nōn est concēlāta.

quis alteram chartae partem invēnit? pterosaurī eam nōn invēnērunt. immo Grēgorius Rasputin eam invēnit. nunc Rasputin duās chartae partēs habēbat. quid???!!! Rasputin nōn est mortuus???!!!

pterosaurī autem Grēgorium Rasputin vīdērunt. et duās chartae partēs vīdērunt.

capitulum ūndecimum

charta intacta

nunc charta est intacta. nōn erant duae partēs. erant
ūna pars. et Grēgorius Rasputin chartam intactam
habuit.

Rasputin: ō pterosaurī! ego chartam habeō! ego
    sciō ubi sit Necronomicon!

pterosaurī: da nōbīs chartam ut Necronomicon
    habeāmus! quia nōs et dīnosaurī domum īre
    volumus.

Rasputin: ego vōbīs chartam nōn dō, neque ego
    vōbīs chartam dare volō. charta est mihi. sī
    domum īre vultis, vōs et dīnosaurī hūc,
    Arkhamiam, īre dēbētis!

itaque pterosaurī trīstēs volāvērunt ad dīnosaurōs
ut dīnosaurī domum īrent. trīsēs erant, quia

Grēgorius Rasputin chartam habuit. pterosaurī
chartam invēnērunt, immo pterosaurī invēnērunt
Grēgorium Rasputin chartam habentem. pterosaurī
in Russiam volāvērunt, quia dīnosaurī erant in
Russiā.

capitulum duodecimum
dīnosaurī audientēs

pterosaurī: ō dīnosaurī! chartam invēnimus!

dīnosaurī: hoc est bonum!

pterosaurī: sed…

stegosaurus: sed? sed quid?

pterosaurī: sed quem?

stegosaurus: quem?

pterosaurī: invēnimus et Grēgorium Rasputin.

dīnosaurī: heu! Grēgorium Rasputin!

dīnosaurī erant trīstēs et īrātī, quia Rasputin nōn est mortuus.

stegosaurus: ubi est Rasputin stultus et malus?

pterosaurī: Rasputin est Arkhamiae in
    Massaciusettā ubi chartam habet.

vēlōciraptor: illūc, Arkhamiam, īre nōlō.

stegosaurus: sed sī nōs domum īre volumus, illūc
   īre dēbēmus.

Tyrannosaurus rēx: rectē!

itaque dīnosaurī Arkhamiam in Massaciusettam
īvērunt. per Russiam īvērunt. per Eurōpam īvērunt.
per Ātlanticum Oceanum īvērunt! heu! nunc in
Massaciuettam īvērunt. per Bostōniam īverunt. per
Salem īvērunt. nunc dīnosaurī Arkhamiae erant.

capitulum decimum tertium
in Ūtam

dīnosaurī Grēgorium Rasputin vīdērunt. Rasputin
dīnosaurōs vīdit.

Rasputin: ego chartam habeō. charta erat in casā
dēstructā et nunc est mihi!

pterosaurī: charta est nōbīs! casam dēstruximus!
chartam habēre dēbēmus.

Rasputin: quis domum īre vult? vōs? bene.
Necronomicon est in Ūtā. ego chartam habeō et
videō Necronomicon esse in Ūtā. illūc īre
dēbēmus. ego et vōs Necronomicon in Ūtā
petere possumus. ego et vōs Lacum Reservātum
Vallis Flammiferae petimus, quia Neconomicon
est ibi concēlātum flammīs in lacū.

Tyrannosaurus rēx: nōlentēs tēcum (with you)
Necronomicon petamus, quia nōs dīnosaurī
domum īre volumus.

itaque dīnosaurī et Rasputin in Ūtam ībant. per
Massaciusettam ībant. per Novum Eborācum (NY)
ībant. per Pennsylvaniam ībant. per Ohium ībant.
per Kentukiam ībant. per Missuriam ībant. per
Kānsiam ībant. per Colōrātum ībant. in Ūtam
ībant.

nunc erant in Ūtā. ubi est Lacus Reservātus Vallis
Flammiferae? dīnosaurī nescīvērunt. lacum nōn
vīdērunt. immo saxa (rocks) vīdērunt. itaque
dīnosaurī lacum petentēs per saxa īvērunt.
dīnosaurī haec saxa dēstruxērunt. dīnosaurī per illa
saxa īvērunt sed saxa nōn dēstruxērunt. nunc illa
saxa sunt arcūs, quia dīnosaurī per saxa ībant.
(multī sunt arcūs in saxīs in Ūtā. nunc scis cūr sint

arcūs ibi. multī arcūs sunt in Hortīs Nātiōnālibus Arcuum et tū eōs ibi vidēre potes.)

tandem (at last) Rasputin et dīnosaurī Lacum Reservātum Vallis Flammiferae invēnērunt. lacus nōn erat aquā plēnus immo flammīs plēnus erat. et in illīs flammīs erat Necronomicon.

capitulum decimum quartam

Avī sēcrētum

casā dēstructā, Avus et Būbō Amīca erant trīstēs.

Avus: Būbō Amīca, sēcrētum habeō.

Būbō Amīca: dīc mihi dē sēcrētō.

Avus: nōlō tē esse īrātam.

Būbō Amīca: nōn sum īrāta. trīstis sum, quia casa
est dēstructa. casa erat nōbīs pulchra.

Avus: ego chartam habuī. charta locum
Necronomicī habuit.

Būbō Amīca: hoc est bonum! nunc charta est
dēstructa et Necronomicon petī (be looked for)
nōn potest! nēmō Necronomicon petere potest!

Avus: sed charta erat dīvīsa in partēs duās, quārum
ūnam partem habuī.

Būbō Amīca: et hanc partem habēs?

Avūs: eam nōn habeō. et Grēgorium Rasputin
Arkhamiae vīdī.

Būbō Amīca: heu! hoc est malum. immo pessimum
est. Rasputin Necronomicon petere vellet
(would want).

neque Būbō Amīca neque Avus erat laetus.
Rasputin Necronomicon petēbat. Būbō AmIca
scīvit Cthulhū esse in Necronomicō.

Būbō Amīca: nōs—ego et tū—Grēgorium Rasputin
petere dēbēmus, quia mōnstrum forte et malum
est in Necronomicō. nēmō hoc mōnstrum
vidēre vellet. hoc mōnstrum est Cthulhū, et
Cthulhū nōs—et animālia et magōs et casās
dēstrueret (would destroy).

Avus: Grēgorius Rasputin est petentus, sed quō
īvit?

Būbō Amīca: dīnōsaurōs Arhamiae vīdī. sī
Rasputin dīnosaurōs habet, dīnosaurōs petere
dēbēmus. dīnosaurī multa dēstruunt, quia magnī
sunt dīnosaurī.

capitulum decimum quīntum
Būbō Amīca et Avus dīnosaurōs
petentēs

multa dēstructa sunt. Būbō Amīca et Avus
dēstructa petēbant ut dīnosaurōs peterent ut
Grēgorium Rasputin peterent. cum Būbō Amīca et
Avus dīnosaurōs invenīrent, Grēgorium Rasputin
invēnerint.

per Massaciusettam ībant Būbō Amīca petēbant,
quia multa sunt dēstructā in Massaciusettā. per
Novum Eborācum (NY) ībant, quia multa sunt
dēstructa ā dīnosaurīs in Nōvō Eborācō. per
Pennsylvaniam ībant, quia multa sunt dēstructa in
Pennsylvaniā. per Ohium ībant, quia multa
dēstructa sunt ibi. per Kentukiam ībant. per
Missuriam ībant. per Kānsiam ībant. per

Colōrātum ībant. dīnosaurī multa dēstruxērunt. in
Ūtam ībant.

in Ūtā, Būbō Amīca et Avus multa saxa dēstructa
vidēbant. haec saxa sunt dēstructa. illa saxa nunc
erant arcūs. multa erant dēstructa, itaque dēstructa
petēbant ut dīnosaurōs invenīrent. tandem Būbō
Amīca et Avus dīnosauros vidēbant.

dīnosaurī erant ad lacum. inter dīnosaurōs erat
Grēgorius Rasputin. eheu! cum lacus flammās
habēret, Rasputin nōn est flammīs dēstructus.
dīnosaurī nōn dēstructī sunt flammīs! immo
Rasputin Necronomicon habuit et dīnosaurī
Grēgorium Rasputin prōtēxērunt. nōn erat bonum.
quid Rasputin Necronomicō volēbat? heus!

Rasputin Necronomicon legēbat et legēbat. tandem
Rasputin aliquid dixit. quam horror!

capitulum decimum sextum
Cthulhū!

quam horror erat. pessimum narrātū! ē
Necronomicō vēnit. erat horribile! mangum erat.
immo ingēns erat. erat maior quam (bigger than)
dīnosaurī erant. mōnstrum erat tam magnum quam
mōns.

erat mōnstrum. immo erat Cthulhū! multa tentacula
habuit. oculōs habuit, et oculī flammīs plēnī erant.
hae flammae nōn erant flammae. hae flammae
erant flammae aquāticae, itaque horror erat
magnus.

Cthulhū nōn erat laetum, quia Cthulhū nōn erat
bonus. Cthulhū nōn erat malum. Cthulhū erat
pessimum. et forte. et antiquum. et terra
eī discplicuit. flammae eī discplicuit. sed Rasputin

Cthulhuī maximē nōn placuit, quia Ūta amquam multam nōn habet. Cthulhū Ūtam dēstruere volēbat, quia Cthulhū terram dēstruere volēbat. Cthulhū erat aquātica, et Ūta nōn erat (neque est!) aquātica.

Cthulhū dīnosaurōs flammīs ē lacū dēstruxit. nunc nōn erant flammae in Lacū Reservātō Vallis Flammiferae. erant aquae.

dīnosaurī dēstructī volāverunt. quō volāvērunt? ad oppidum parvum, nōmine Vernāle in Ūtā, volāvērunt. sed dīnosaurī dēstructī nunc erant ossa (bones) tantum.

(tū hōs dīnosaurōs vidēre potes in Monumentō Nātiōnālī Dīnosaurōrum. Monumentum Nātiōnāle est in Colōrātō et Ūtā.

multī sunt ossa [bones] dīnosaurōrum in
Monumentō Nātiōnālī.)

dīnosaurīs dēstructīs, Cthulhū Grēgorium Rasputin
vīdit. et eum dēstruxit. nunc Rasputin est mortuus.

nōn erat proelium. dīnosaurī dēstructī sunt nūllā
difficultāte. Rasputin mortuus est nūllā difficultāte.
hoc nōn erat proelium. erat mōnstrum īrātum.

capitulum decimum septimum
Cthulhū Būbōnem Amīcam vīdit

eheu! nunc Cthulhū Būbōnem Amcīcam vīdit.

Cthulhū nōn erat laetus immo īrātus erat.

Būbō Amīca et animālia Cthulhū pugnāvērant et id
in Necronomicō posuērunt.

perīculum erat magnum Būbōnī Amīcae. Cthulhū
eam necāre volēbat.

Avus hoc videt. Avus Būbōnem Amīcam in
perīculō esse nōlēbat. itaque Avus auxilium petere
volēbat. sed quōs magōs petere dēbēbat? quī magī
hoc magiam habēbant?

capitulum duodēvicēsimum

mūsicī magī

quis Būbōnem Amīcam contrā Cthulhū adiuvāre
potest? quis magnam magiam habet? sed nunc
Avus sciēbat quis habēret hanc magiam: mūsicī.
Avus erat astūtus.

Avus: ō mūsicī! venīte! Cthulhū Būbōnem Amīcam
   necāre vult!

et cum magiā veniēbant mūsicī! scīlicet cum magiā
veniēbant! mūsicī erant magī. mūsicī ē Californiā
veniēbant. mūsicī ē Viomingā veniēbant. mūsicī ē
Novō Eborācō veniēbant. mūsicī (from
everywhere) undīque veniēbant.

et mūsicī mūsiam fēcērunt. haec mūsica erat maga.
magna erat haec maga.

mūsica Cthulhū dēstruxit. Būbō Amīca nunc nōn
erat in perīculō, quia montrum erat mortuum.
mūsica Necronomicon dēstruxit. nōs nōn in
perīculō erāmus, quia Necronomicon erat
dēstructum.

nunc nōn erat Cthulhū. nōn erat liber maledictus.
magī sunt bonī, et mala dēstructa sunt.

sed Lacus Reservātus Vallis Flammiferae flammās
nōn habuit. aquam habuit—et habet. hodiē Lacus
Reservātus Vallis Flammiferae est locus pulcher in
Viomingā et in Ūtā. dīnosaurī sunt fossilizātī in
Colōrātō et in Ūtā.

Būbō Amīca et Avus sunt magistrī apud
Ūniversitātem Miskatonicēnsem. laetī sunt.

index locōrum

Āfrica – the continent of Africa

Arkhāmia – Lovecraft's mythical town in
Massachusetts, north and east of Boston

Ātlanticus Oceanus – the Atlantic Ocean

Botsōnia – capital and largest city in
Massachusetts

Colōrātum – Colorado, a western American state

Eurōpa – the continent of Europe and where Latin
came from

Hortī Nātiōnālēs Arcuum – Arches National Park
in Utah, a major site of natural beauty

Kānsia – Kansas, a midwestern American state

Kentukia – Kentucky, an American state and
hotspot of spoken Latin (at times)

Kilimandārius – the highest mountain in Africa

Lacus Reservātus Vallis Flammiferae – Flaming
Gorge Reservoir, a manmade lake on the
Wyoming-Utah state line, it's beautiful

Massaciusetta – Massachusetts, an eastern
American state

Missuria – MIssouri, a midwestern American state

Monumentum Nātiōnāle Dīnosaurōrum – Dinosaur
National Monument, a major dinosaur fossil
site that must be seen to be believed

Novum Eborācum – New York, and eastern
American state

Ohium – Ohio, an eastern American state

Pennsylvania – Pennsylvania, an eastern American
state

Russia – Russia, a very large country

Salem – a port town north and east of Boston,
famous for witch trials in the 1600's

Ūniversitās Miskatonikēnsis – Miskatonic
University, Lovecraft's fictional university in
Arkham

Ūta – Utah, a western American state

Vernāle – Vernal, a small town in Utah near

Flaming Gorge Reservoir and Dinosaur

National Monument

Viominga – Wyoming, where this book was written

glōssārium

ā, ab
>from, by

ad
>toward

adiuvō, adiuvāre, adiūvī, adiūtum
>help

Āfrica, Āfricae
>Africa

alter, altera, alterum
>other

altissimus, altissima, altissimum
>highest, very high

amō, amāre, amāvī, amātum
>love

America, Americae
>America

Americānus, Americāna, Americānum
>American

amīca, amīcae
>friend

animal, animālis
>animal

annus, annī
>year

ante
>in front of, before

antiquus, antiqua, antiquum
>ancient

apud
> at

aqua, aquae
> water

aquāticus, aquātica, aquāticum
> aquatic

area, areae
> area

arcus, arcūs
> arch

Arkhamia, Arkhamiae
> Arkham

Asia, Asiae
> Asia

astūtus, astūta, astūtum
> clever

at
> but

Ātlanticus, Ātlantica, Ātlanticum
> Atlantic

autem
> but

avis, avis
> bird

Avus, Avī
> Grampa (one of our heroes)

bene
> good, well

bibliothēca, bibliothēcae
> library

bonus, bona, bonum
>good

Būbō Amīca, Būbōnis Amīcae
>Friend Owl, wizard and hero

capitulum, capitulī
>chapter

cārissimus, cārissima, cārissimum
>most dear

carmen, carminis
>spell, song

casa, casae
>house

charta, chartae
>map

commigrō, commigrāre, commigrāvī, commigrātum
>move (houses)

concēlō, concēlāre, concēlāre, concelātum
>hide, conceal

cōnsilium, cōnsiliī
>plan

cōnstructus, cōnstructa, cōnstructum
>built

contrā
>against, opposite to

crēdō, crēdere, crēdidī, crēditum
>believe

Cthulhū, Cthulhūs
>Cthulhu, an elder terror from the deep

cum
>with, when, though

cūr

    why?

dare

    to give

dē

    down from

dēbeō, dēbēre, dēbuī, dēbitum

    ought

dedērunt

    they gave

dēstructus, dēstructa, dēstructa

    destroyed

dēstruō, dēstruere, dēstruxī, dēstructum

    to destroy

dīcō, dīcere, dīxī, dictum

    say

difficultās, difficultātis

    difficulty

dimēnsiō, dimēnsiōnis

    dimension

dīnosaurus, dīnosaurī

    dinosaur

diplodocus, diplodocī

    diplodocus, a long neck herbivore dinosaur

discō, discere, didicī

    teach

discipulus, disipulī

    student

dīvīsus, dīvīsa, dīvīsum

    divided

dīxērunt
>they said

dō, dare, dedī, datum
>give

domus, domūs
>home

duās, duās, duae
>two

dūcō, dūcere, dūxī, ductum
>lead

ē, ex
>out oft

eō, īre, īvī, ītum
>go

ego, meī, mihi, mē
>I, me

eheu
>expressing pain

ēmergo, ēmergere, ēmersī, ēmersum
>to emerge

ēn!
>look!

eōs
>them

erant
>they were

erat
>he/she/ it was

error, errōris
>mistake

esse
> to be

est
> s/he is

et
> and

eum
> him

ex
> out of

exercitus, exercitūs
> army

fābula, fābulae
> story

factus, facta, factum
> done

falsus, falsa, falsum
> fake

fecisse
> to have made

flamma, flammae
> flame

flūmen, flūminis
> river

foedus, foeda, foedum
> ugly

fortis, fortis, forte
> brave, strong

fossilizātus, fossilizātī, fossilizātum
> fossilized

fractus, fracta, fractum
>
broken

gradus, gradūs
>
grade

grātus, grāta, grātum
>
grateful

Grēgorius, Grēgoriī Rasputin
>
Grigori Rasputin, a crazed wizard

habeō, habēre, habuī, habitum
>
have

hanc
>
this

heu
>
oh no

hī
>
these

hic, haec, hoc
>
this

hīs
>
with, in, by these

horribilis, horribilis, horribile
>
horrible

horror, horrōris
>
horror

hortī, hortōrum
>
park

hūc
>
to here

huius
>
of this

ibi
>> there

id
>> it

ille, illa, illud
>> that

illūc
>> to there

immo
>> actually

in
>> in, on, into

ingēns, ingentis
>> huge

inopia, inopiae
>> lack

intactus, intacta, intactum
>> untouched

integer, integra, integrum
>> whole

inter
>> between

interdimēnsiōnālis, interdimēnsionālis, interdimēnsionāle
>> interdimensional

inveniō, invenīre, invēnī, inventum
>> to find

is, ea, id
>> he, she, it

īrātus, īrāta, īrātum
>> angry

īrātior, īrātiōris, īrātius
> more angry, angrier

īre
> to go

īrent
> they went

Ītalia, Ītaliae
> Italy

itaque
> and so

ivērunt
> they went

īvit
> s/he went

Kilimandārius, Kilimandāriī
> Kilimanjaro

lacus, lacūs
> lake

laetus, laeta, laetum
> happy

latīnus, latīna, latīnum
> Latin

lector, lectōris
> reader

legō, legere, lēgī, lectum
> read

liber, librī
> book

lingua, linguae
> tongue

locus, locī
> place, spot

lūna, lūnae
> moon

magia, magiae
> magic

magister, magistrī
> teacher

magnus, magna, magnum
> big

magus, magī
> wizard

magus, maga, magum
> magical

maledictus, maledicta, maledictum
> cursed

malus, mala, malum
> evil, bad

Massaciusetta, Massaciusettiae
> Massachusetts

maximus, maxima, maximum
> biggest

mē
> me

mendāx, mendācis
> liar

mihi
> for me, mine

Miskatonicēnsis, Miskatonicēnse
> Miskatonic

mōns, montis
> mountain

mōnstrum, mōnstrī
> monster

monumentum, monumentī
> monument

mortuus, mortua, mortuum
> dead

multī, multae, multa
> many

mūsica, mūsicae
> music

mūsicus, mūsicī
> musician

narrātū
> to tell

narrō, narrāre, narrāvī
> tell

nātus, nāta, nātum
> born

nātiōnālis, nātiōnālis, nātiōnāle
> national

nē
> so not, don't

necesse
> necessary

Necronomicon, Necronomicī
> a foul and evil book of magic

nēmō
> no one

neque
> and not, nor

nesciō, nesīre, nescīvī, nescītum
> not know

nihil
> nothing

nōbīs
> for us, our

nōlēbant
> they did not want

nōlēns, nōlentis
> unwilling

nōlō, nōlle, nōluī
> not want

nōluērunt
> they didn't want

nōmen, nōminis
> name

nōn
> not

nōnus, nōna, nōnum
> ninth

nōs, nostrum, nōbīs
> we, us

noster, nostra, nostrum
> our

nūllus, nūlla, nūllum
> no, none

nunc
> now

ō
  oh
obscūrus, obscūra, obscūrum
  obscure, hidden
oceanus, oceanī
  ocean
octāvus, octāva, octāvum
  eighth
oculus, oculī
  eye
ōlim
  once
oppidum, oppidī
  town
ordinārius, ordināria, ordinārium
  regular, ordinary
os, ossis
  bone
pars, partis
  part
parvus, parva, parvum
  small
pater, patris
  father
paucī, paucae, pauca
  few
pecūliāris, pecūliāris, pecūliāre
  peculiar/strange
perīculum, perīculī
  danger

pessimus, pessima, pessimum
    worst
petō, petere, petīvī, petitum
    to look for
placidum, placidus
    quiet
plēnus, plēna, plēnum
    full
porta, portae
    portal
posse- (posse, possent, posset)
    can, be able
possum, posse, potuī
    can, be able
pōsuērunt
    they put
potēns, potentis
    powerful, strong
potes
    you can
potest
    s/he can
prīmus, prīma, prīmum
    first
proelium, proeliī
    battle
professor, professōris
    professor
prooemium, prooemiī
    introduction

protectīvus, protectīva, protectīvum
protective
protector, protectōris
protector
prōtegō, prōtegere, prōtēxī, prōtēctum
protect
pterosaurus, pterosaurī
pterosaur, a flying dinosaur
pugō, pugnāre, pugnāvī, pugnātum
to fight
pulcher, pulchra, pulchrum
pretty, beautiful
quae
what
quam
so, as
quartus, quarta, quartum
forth
quārum
of which
-que
and
quem
whom
quī, quae, quod
who, which, that
quia
because
quīntus, quīnta, quīntum
fifth

quis?, quid?

> who?, what?

quō

> where to?

quod

> what

quōmodo?

> how?

rēctē

> correctly, that's right

rēs, rēī

> thing, matter

reservātus, reservāta, reservātum

> reserved

rēx, rēgis

> king

Russia, Russiae

> Russia

sagāx, sagācis

> wise

salvēte

> hello

saxum, saxī

> rocks

satis

> enough

schola, scholae

> school

scīlicet

> obviously

sciō, scīre, scīvī, scitum
>to know

scrīpsērunt
>they wrote

sē
>himself, herself, itself

sēcrētus, sēcrēta, sēcrētum
>secret

secundus, secunda, secundum
>second

sed
>but

sēlēgeunt
>they picked

sēnsit, sēnsērunt
>felt

septimus, septima, septimum
>seventh

sextus, sexta, sextum
>sixth

sī
>if

sit
>it is (subjunctive form of est)

sint
>I was

Stegosaurus, Stegosaurī
>stegosaurus, a dinosaur with a thagomizer

studeō, studēre, studuī
>study

stultus, stulta, stultum
> stupid

sum, esse, fuī futūrus
> to be

sumus
> we are

sunt
> they are

taceō, tacēre, tacuī, tacitum
> be quiet

tālis, tāle
> such a kind

tam
> so

tē
> you

tentāculum, tentāculī
> tentacle

terra, terrae
> land

tertius, tertia, tertium
> third

tibi
> to/for you

titulus, titulī
> title

Triceratōps, Triceratōpis
> Triceratops a dinosaur who is a herbivore

trīstis, trīstis, trīste
> sad

tū, tuī, tē, tē
>you

Tyrannosaurus rēx, Tyrannosaurī rēgis
>T-rex a dinosaur who is a carnivore

ubi
>where

ūndecimus, ūndecima, ūndecimum
>eleventh

undīque
>from everywhere

ūniversitās, ūniversitātis
>university

ūnus, ūna, ūnum
>one

ut
>so that

Ūta, Ūtae
>Utah

vallis, vallis
>valley

vellent, vellet
>would want

vēlōciraptor, vēlōciraptōris
>velociraptor, a dinosaur who is a carnivore

veniō, venīre, vēnī, ventum
>come

vērus, vrēa, verum
>true, real

victor, victōris
>winner

victus, victa, victum
　　conquered
vidēbātur
　　it seemed
videō, vidēre, vīdī, visum
　　see
Viominga, Viomingae
　　Wyoming
viridis, viridis, viride
　　green
vōbīs
　　for you guys
vocō, vocāre, vocāvī, vocātum
　　summon
volāns, volāntis
　　flying
volāvērunt
　　they flew
volō, volāre, volāvī, volātum
　　to fly
volō, velle, voluī
　　want
volēns, volentis
　　willing
volumus
　　we want
vōs, vestrum, vōbīs
　　you guys
vult
　　s/he wants